HYPERMNESTRE,

TRAGEDIE

REPRESENTÉE POUR LA PREMIERE FOIS

PAR L'ACADÉMIE ROYALE

DE MUSIQUE,

Le Jeudy cinq Novembre 1716.

Le prix eſt de trente ſols.

A PARIS,

Chez PIERRE RIBOU, ſeul Libraire de l'Académie
Royale de Muſique, Quai des Auguſtins, à la
Deſcente du Pont-Neuf, à l'Image S. Loüis.

M D C C X V I.
Avec Approbation & Privilege du Roi.

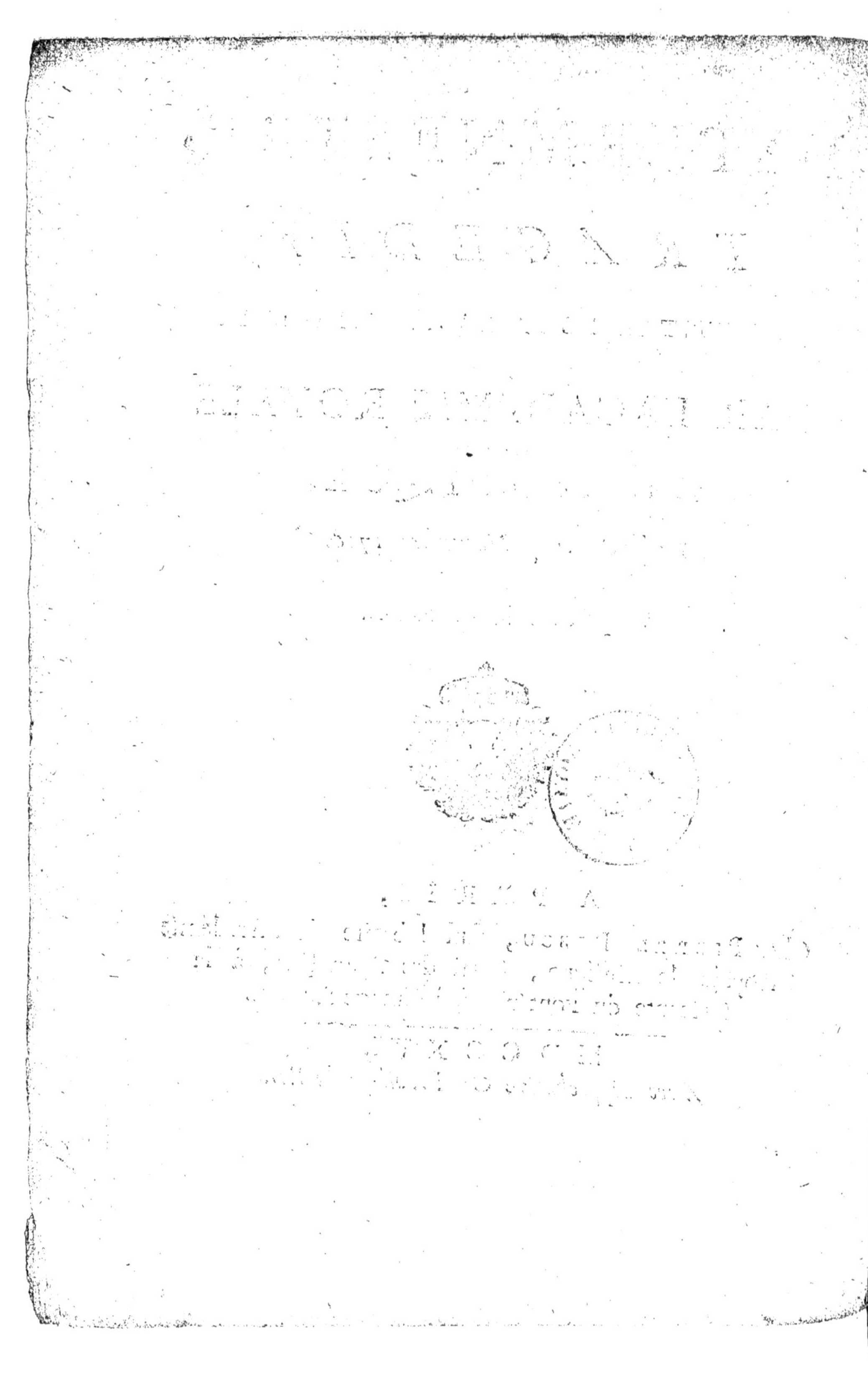

Noms des Acteurs & des Actrices chantans dans tous les Chœurs du Prologue & de la Tragedie.

PREMIER RANG.   SECOND RANG.

Mesdemoiselles   *Mesdemoiselles*

Pasquier.   Kercoffen.
Guillet.   Boisseau.
Tettelette.   Caron.
Millon.   Veron.
Limbourg.   Gentilhomme.
Minier.   Le More.
La Roche.

Messieurs   *Messieurs*

Corbie.   Alexandre.
Lemire-L.   Morand.
Dun, le fils.   Faussié.
Dangerville.   Boullai.
Boutron.   Deshais.
Thomas.   Corail.
Dautrep.   Poste.
Houbeau.   Lebel.
Lambert.   Duplessis.
Duchesne.   Paris.
Le Jeune.

ACTEURS
DANSANS
DU PROLOGUE.

NAYADES.

Mesdemoiselles Lemaire, Leroy, Defeschaliers, Rameau.

EGYPTIENS.

Monsieur D-Dumoulin.
Messieurs P-Dumoulin, Dangeville, Malterre, Guyot,
Duval.

EGYPTIENNES.

Mesdemoiselles Haran, Dupré, Duval, Châteauvieux,
Brunel.

Monsieur Pecourt, Mademoiselle de la Ferriere.

ACTEURS DANSANS
DE LA TRAGEDIE.

ACTE PREMIER.

ARGIENS.

Monsieur Blondy.
Messieurs Ferrand, Germain, Dumoulin-L., Marcel,
Javilliers, Pierret.

ARGIENNES.

Mesdemoiselles Menés, Isecq, Dupré, Lemaire,
Leroy, Rameau.

ACTE SECOND.

MATELOTS ARGIENS.

Monsieur Blondy.
Messieurs P-Dumoulin, Dangeville, Pecourt, Malterre.

MATELOTTES.

Mademoiselle Prevoſt.
Meſdemoiſelles la Ferriere, Haran, Châteauvieux, Brunel.

TAMBOURINS.

Meſſieurs Javilliers, Pierret, Rameau.

ACTE TROISIE'ME.

BERGERS HEROIQUES.

Meſſieurs Germain, Dumoulin-L., Javilliers, Pierret,
Guyot, Duval.

BERGERES HEROIQUES.

Mademoiſelle Prevoſt, & Mademoiſelle Guyot.

Meſdemoiſelles Iſecq, Dupré, Lemaire, Duval,
Rameau, Deſeſchaliers.

ACTE QUATRIE'ME.

JEUNES GENS.

Mademoiſelle Guyot.
Monſieur Marcel, & Mademoiſelle Menés.

Messieurs P-Dumoulin, Dangeville, Pecourt, Malterre, Guyot.

Mesdemoiselles Isecq, la Ferriere, Haran, Châteauvieux, Brunel.

ACTE CINQUIÈME.

COMBATANS ARGIENS.

Messieurs Germain, Ferrand, Blondy, Javilliers, Pierret.

COMBATANS EGYPTIENS.

Messieurs P-Dumoulin, Dangeville, Pecourt, Malterre, Duval.

ACTEURS
CHANTANS

DU PROLOGUE.

LE NIL,	Mr Dun.
UNE EGYPTIENNE,	Mlle Antier.
UN EGYPTIEN,	Mr Murayre.
ISIS,	Mlle Pafquier.
UNE NAYADE,	Mlle Minier.

PROLOGUE.

PROLOGUE.

Le Théatre represente une Campagne fertile, arrosée par les Eaux du Nil; On découvre dans la perspective les Pyramides d'Egypte; le Fleuve du Nil paroît appuyé sur son Urne, environné de ses Nayades.

SCENE PREMIERE.

LE NIL, UN EGYPTIEN, UNE EGYPTIENNE *Ordonnateurs de la Fête,* **PEUPLES** *habitans des bords du Nil, rassemblez pour celebrer la déification d'*ISIS.

CHOEUR.

Puissante Isis, du Celeste séjour
Recevez les vœux de la Terre.

b

PROLOGUE.

L'EGYPTIEN *ordonnateur*, & L'EGYPTIENNE.

C'eft en c'eft lieux que le Dieu du Tonnerre,
Couronna votre amour.

CHOEUR.

Puiffante Ifis, du Celeste féjour
Recevez les vœux de la Terre.

L'EGYPTIEN.

Vous êtes la Divinité
Qu'adore cet heureux rivage.

L'EGYPTIENNE.

Peuples du Nil, rendez-lui votre homage,
C'eft d'Elle que dépend votre felicité.

On danfe.

L'EGYPTIEN.

Parmi les beautez immortelles,
Ifis triomphe dans les Cieux;
Aprés des épreuves cruelles
L'Amour l'éleve au rang des Dieux.

Amans, un fort fi glorieux
N'eft refervé qu'aux cœurs fideles.

On danfe.

UNE EGYPTIENNE.

La Paix que nous goûtons eſt un de vos bienfaits ;
O Déeſſe ! acceptez notre reconnoiſſance,
Par un bienfait nouveau comblez notre eſperance,
Joignez l'Abondance à la Paix.

LE NIL s'avance vers les Peuples, ſuivi
de ſes Nayades.

Attendez tout de ma puiſſance,
Je dois des Dieux feconder les efforts,
La Paix commence à regner ſur ces bords,
J'y ferai regner l'abondance.

Livrez-vous aux plus doux tranſports,
Le repos ſuccede à vos peines ;
De mes fertiles Eaux j'inonderai vos plaines,
Et la Terre pour vous, ouvrira ſes treſors.

Je vais accomplir ma promeſſe.
Vous Nymphes, qu'une même ardeur
Au ſort de l'Egypte intereſſe,
Applaudiſſez à ſon bonheur.

Danſe des Nayades.

PROLOGUE.

UNE NAYADE.

Revenez Bergeres craintives,
Tendres Bergers raſſemblez-vous :
Aſſez longtems Mars en couroux,
Vous tient éloignez de nos rives ;
Pour vous y faire un ſort plus doux,
Le ſeul Amour y fait ſentir ſes coups.
Revenez Bergeres craintives,
Tendres Bergers raſſemblez-vous.

On danſe.

On entend une Symphonie douce qui annonce Iſis.

LE NIL, L'EGYPTIEN, L'EGYTIENNE
Ordonnateurs.

Mais, quelle lumiere éclatante ?...
Quel bruit harmonieux ſe répand dans les airs ?...
Iſis répond à notre attente ;
Son auguſte preſence honore nos Concerts.

SCENE II.

ISIS dans son Char , & les Acteurs de la Scene
précedente.

ISIS.

PEuples , avec plaisir je reçois votre homage ,
A combler tous vos vœux votre zele m'engage.

Joüissez sur ces bords du bonheur le plus doux ,
Je viens d'en bannir les allarmes ;
Goûtez la Paix & tous ses charmes ,
Qu'Elle regne à jamais sur vous.

Pour assurer votre bonheur extrême ,
Hypermnestre m'engage à partir de ces lieux ,
Je veux qu'un doux Hymen l'unisse à ce qu'elle
aime ,
Il est ordonné par les Dieux ,
Et je vais l'achever moi-même.

Chantez ; Que du milieu des airs
Isis entende vos Concerts.

CHOEUR.

Chantons ; Que du milieu des airs
Ifis, entende nos Concerts.

UNE EGYPTIENNE.

Vous que le bruit affreux des armes
Avoit banni de tous les Cœurs,
Tendres Amours, charmans vainqueurs,
Volez, faites briller vos charmes.

Aimer à brûler de vos feux,
C'eft déja reffentir votre douce prefence,
Regnez tendres Amours, & par votre puiffance,
Achevez de nous rendre heureux.

Vous, que le bruit affreux des armes
Avoit banni de tous les Cœurs,
Tendres Amours, charmans vainqueurs,
Volez, faites briller vos charmes.

On danfe.

CHOEUR.

Chantons les douceurs de la Paix ;
Ifis remplit notre efperance,
Publions fes bienfaits ,
Celebrons fa Puiffance ;
Chantons les douceurs de la Paix ,
Qu'elle dure à jamais.

FIN DU PROLOGUE.

ACTEURS
DE LA TRAGEDIE.

DANAUS, *Roi d'Argos,* Mr Thevenard.

HYPERMNESTRE, *Fille de Danaüs,* Mlle Journet.

LYNCE'E, *Fils d'Egiptus, Amant d'Hypermneſtre,* Mr Cochereau.

ARCAS, *Confident de Danaüs,* Mr le Mire.

L'OMBRE DE GELANOR, Mr Dun.

LE GRAND-PRESTRE *d'Iſis.* Mr Gueſdon.

UNE ARGIENNE, *de la ſuite de la Princeſſe,* Mlle Antier.

UN BERGER, Mr Murayre.

Ire. CORIPHE'E, Mlle Antier.

IIme. CORIPHE'E, Mr Murayre.

ISIS, Mlle Paſquier.

HYPERMNESTRE,

HYPERMNESTRE,
TRAGEDIE.

ACTE PREMIER.

Le Théatre represente un Mauzolée superbe élevé à la memoire de Gelanor Roi d'Argos, qui avoit été détrôné par Danaüs. Dans la perspective on voit le Soleil qui s'éleve peu à peu sur l'horizon.

SCENE PREMIERE.

DANAUS, ARCAS.

ARCAS.

Enfin, voici le jour où l'hymen de vos filles,
D'une odieuse guerre éteignant le flam-
beau,
Va réünir deux illustres familles ;
Seigneur, pour vos Sujets, est-il un jour plus beau ?

A

DANAUS.

Ce jour pour moi n'a pas les mêmes charmes.

Un frere ambitieux me chaſſa de Memphis,
Et l'injuſtice de ſes armes
Me force dans Argos à couronner ſes Fils.

ARCAS.

Ah ! ſi cette alliance
Etoit contraire à vos ſouhaits.
Ces murs étoient-ils ſans défenſe ?
Que ne refuſiez-vous la Paix ?

DANAUS.

Pouvois-je ſoûtenir le guerre ?
Rien ne peut d'Egiptus traverſer les projets,
Le Sort mit ſous ſes loix la moitié de la terre,
Il a plus de Soldats que je n'ai de Sujets ;
Et ces Sujets encor ſont des Sujets rebelles,
Trop pleins pour Gelanor d'un tendre ſouvenir,
A cette Ombre ſi chere ils ſont toujours fideles ;
Et la Paix ſeule, Arcas, pouvoit les contenir.

ARCAS.

Ah ! leur audace ſeroit vaine.
Mais on vient...

DANAUS.

Quoi, c'eſt vous, Hypermneſtre ?

SCENE II.

DANAUS, HYPERMNESTRE,
Suite de la Princeffe.

HYPERMNESTRE.

AH! Seigneur,
Au pied de ce tombeau quel fujet vous amene ?
A peine le Soleil en a percé l'horreur,
Ces funeftes objets irritent votre peine.

DANAUS.

Les Dieux d'un œil plus doux femblent nous re-
  garder ,
Ma Fille ; mais foûvent leur faveur nous abufe ;
  Puiffe à jamais le Ciel vous accorder
  Le doux repos qu'il me refufe.

HYPERMNESTRE.

Ah! fes bienfaits fur vous ont affez éclaté ;
  D'où vous nait cette défiance ?
Quand des Fils d'Egiptus, la nombreufe alliance
Vient affermir le Trône où vous êtes monté.

A ij

        HYPERMNESTRE,

DANAUS.

Par la Paix, & par l'Hymenée,
Des rivages du Nil leur Flote est amenée :
Je l'attends. Dans Argos elle arrive en ce jour,
Princesse, ce grand jour doit finir vos allarmes ;
Ma tendresse a promis Lyncée à votre amour ;
Revoyez un Heros qui brûle pour vos charmes.

HYPERMNESTRE.

Par l'ordre d'Egiptus, il parut en ces lieux,
Et mon respect pour vous commença sa victoire ;
        Sur ses vertus, & sur sa gloire
Vous fûtes le premier qui m'ouvrîtes les yeux.

DANAUS.

Vous aimez ce Prince, il vous aime ;
Il a mille vertus digne du Diadême ;
        L'Amour va le rendre à vos vœux :
        Ah ! puissiez-vous joüir d'un sort heureux.

HYPERMNESTRE.

Quand Danaüs se livre à l'ennui qui l'accable,
        Est-il pour moi quelque bonheur ?

DANAUS.

        De Gélanor, l'ombre implacable
Me presente en tous lieux des objets de terreur.

Je l'aï vû cette nuit, il fortoit d'un nuage ;
    Les Dieux pour vanger fon trépas
    De leur Tonnerre avoient armé fon bras ;
J'ai voulu vainement échapper à fa rage.
    Arrête... a-t'il dit... tu mourras ;
    Sur mon Palais il a lancé la foudre,
    Il a brifé mon Trône en mille éclats,
Et fous fes murs brûlans il m'a réduit en poudre.

HYPERMNESTRE

C'eft trop vous retracer une image fi noire,
Dérobez-en l'horreur à vos fens agitez.

DANAUS

Par de funebres Jeux celebrez à fa gloire,
    Je vais fléchir fes mânes irritez.

Chaque jour pour vanger fon ombre gémiffante,
Mes Sujets en fecret confpirent contre moi ;
Puiffent les vains honneurs d'une Fête éclatante
Défarmer leurs fureurs, & calmer mon effroi.

Ma Fille, laiffez-moi.

HYPERMNESTRE

    Dieux comblez fon attente.

A iij

SCENE III.

DANAUS, ARGIENS & ARGIENNES.

*Il se fait une Marche de Guerriers au tour du Mausolée de
Gelanor, au son des trompettes & des tymbales ;
on passe des drapeaux sur son Tombeau.*

DANAUS.

Ombre d'un Prince infortuné,
Qu'à périr par mes coups le Ciel a condamné,
Rends à mon triste cœur la Paix qu'il te demande,
Par de cruels remords je me sens déchirer.

Ta vangeance est-elle assez grande ?
Je suis réduit à t'implorer.

Chantez, de ce Heros, la valeur & la gloire,
Que l'éclat de son nom vole au plus haut de Cieux ;
Par nos jeux, par vos chants, honorez sa mémoire,
Il est digne du rang des Dieux.

CHOEUR.

Chantons, de ce Heros, la valeur & la gloire,
Que l'éclat de son nom vole au plus haut des Cieux ;
Par nos jeux, par nos chants, honorons sa mémoire,
Il est digne du rang des Dieux.

Après la Fête, le Soleil s'éclipse, la Terre tremble.

CHOEUR.

Quel pouvoir contre nous rassemble,
Et confond tous les Elemens;
Le jour pâlit , la Terre tremble,
Dans les airs agitez , quels affreux sifflemens!

Les Peuples fuyent.

DANAUS.

Tout fuit; le Tombeau s'ouvre, ô prodige! restons.
L'Ombre sort , je la vois , quel murmure! écoutons.

L'OMBRE DE GELANOR.

Ne crois pas expier ta sacrilege audace.
De tes regrets forcez, n'attends que le trépas;
Un des fils d'Egiptus doit regner en ta place:
Tu péris, si pour toi ton sang ne s'arme pas.

L'Ombre rentre dans le Tombeau.

SCENE IV.

DANAUS *seul.*

Quel Oracle fatal ! quelle horreur ! je frisson-
　　　ne.
Un des fils d'Egiptus doit ravir ma Couronne,

Ciel ! montre moi la main qu'armera ton couroux ;
Un des fils d'Egiptus !... obfcurité fatale !
     Votre vangeance eft fans égale,
Ombre inhumaine , expliquez-vous.

    Ah ! fur Lyncée , & fur fes Freres ,
Du fort qui me pourfuit faifons tomber les coups.
Quoi, du crime d'un feul, les punirai-je tous ?
Que j'éprouve à la fois de mouvemens contraires !
    Ombre inhumaine , expliquez-vous ;
Quel eft le Criminel ? nommez-moi ma victime ?
Vous me cachez l'Auteur du projet le plus noir,
Hé bien ! c'eft à mon fang à faire fon devoir ,
    Grands Dieux ! je vous charge du crime.

Fin du premier Acte.

ACTE SECOND.

ACTE SECOND.

Le Théatre représente le Port de la Ville d'Argos sur la Mer Egée ; on voit le frontispice du Palais de Danaüs, les flots de la Mer paroissent encore agitez, tels qu'ils le sont sur la fin d'une tempête.

SCENE PREMIERE.

DANAUS seul.

EN vain contre tous les Mortels,
Mes Filles m'ont juré sur nos sacrez Autels
    D'embrasser ma défense :
    Que me sert de leur déclarer
    Sur qui doit tomber ma vangeance ?
Quand Neptune & le Sort pour me desesperer
    Semblent être d'intelligence.

HYPERMNESTRE,

Lyncée échape à mon pouvoir ;
Seul des Fils d'Egiptus, écarté par l'orage,
Ses Freres vainement abordent ce rivage ;
De son retardement, Ciel ! que dois-je prévoir ?
Ah ! je ne sçaurois m'y méprendre.
Dieux ! vous vous déclarez, & je dois vous entendre.

SCENE II.

HYPERMNESTRE, DANAUS.

HYPERMNESTRE.

SEigneur, à vos soupirs, je viens mêler mes pleurs.
Les flots m'ont-ils ravi l'objet de ma tendresse ?
L'excés dema tristesse
M'annonce-t'il, helas ! le plus grand des malheurs?

DANAUS.

Fatal retardement ! ah ! cette incertitude
Plus que vous ne pensez a droit de m'allarmer.
Non, ma fille, l'excés de mon inquiétude
Ne sçauroit se calmer.

HYPERMNESTRE.

Seigneur, trop de bonté pour moi vous intereſſe;
    Ces ſoûpirs, cet empreſſement
    M'apprennent que votre tendreſſe
    Veut bien partager mon tourment.

DANAUS.

Son ſort à chaque inſtant redouble mes allarmes :
    Allons, pour chercher ſes Vaiſſeaux,
Ordonner que les miens fendent le ſein des Eaux.

SCENE III.

HYPERMNESTRE *ſeule.*

POur mon cœur agité, que ces ſoins ont de
charmes!

Les flots paroiſſent moins agitez.

Mais un calme ſoudain vient applanir les flots :
Quels Vaiſſeaux ſe font voir ſur le ſein de Neptune?
Ah! ce calme à mon cœur annonce le Heros
    Dont je déplorois l'infortune.

Espoir qui me flatez, regnez à votre tour,
Lyncée approche du rivage:
Quel plaisir de revoir l'objet qui nous engage
Lorsque l'Hymen s'apprête à couronner l'Amour!

Aquilons, rentrez dans vos chaînes:
Et vous Zephirs regnez sur les humides plaines,
Volez & conduisez mon Amant sur ces bords.

Des flots impetueux, par vos douces haleines,
Vous avez calmé les efforts.
D'une trop longue absence adoucissez les peines,
Vous serez les témoins de nos plus doux transports.

Aquilons, rentrez dans vos chaînes:
Et vous Zephirs regnez sur les humides plaines,
Volez & conduisez mon Amant sur ces bords.

SCENE IV.

HYPERMNESTRE, MATELOTS ARGIENS.

On découvre les Vaisseaux de Lyncée.

CHOEUR *des Matelots.*

Venez jeune Heros, les tranquiles Zephirs
Ont applani pour vous le vaste sein de l'Onde;
Sur ces bords fortunez regne une Paix profonde,
Faites-y regner les Plaisirs.

HYPERMNESTRE *aux Peuples.*

Que ne vous dois-je point ? votre ardeur empressée
Calme mes déplaisirs , & m'annonce Lyncée.

UNE ARGIENNE *de la suite de la Princesse.*

Hâte-toi de quitter les Cieux,
Vole Amour, viens regner en ces aimables lieux.

Aprés une absence cruelle,
Amour comble les vœux d'un objet si charmant;
Neptune lui rend son Amant:
Daigne le ramener fidele.
Hâte-toi de quitter les Cieux ,
Vole Amour, viens regner en ces aimables lieux.

On danse.

B iij

HYPERMNESTRE,
L'ARGIENNE *s'adreſſant à la Flote de Lyncée.*
Doux objet du plus tendre amour,
Que l'attente
D'une Amante
Précipite ton retour ;
Ce grand jour comble tes deſirs;
Il unit deux Amans fideles,
Viens, vole ſur les aîles
Des Amours, & des Zephirs.
Tout conſpire à te rendre heureux,
Ton bonheur ſuprême
Dépend de toi-même ;
Hâte-toi, viens former les plus beaux nœuds.

Le Vaiſſeau de Lyncée entre dans le Port.

C H O E U R.
Venez jeune Heros, les tranquiles Zephirs
Ont applani pour vous le vaſte ſein de l'Onde ;
Sur ces bords fortunez regne une Paix profonde,
Faites-y regner les Plaiſirs.

S C E N E V.

HYPERMNESTRE, LYNCE'E, EGYPTIENS
de la Suite de Lyncée ; & les Acteurs de la Scene précedente.

LYNCE'E.
JE vous revois Princeſſe, ah ! que mon ſort eſt
doux.

HYPERMNESTRE.

Que les vents & les flots m'ont fait trembler pour
vous !

LYNCE'E.

Les vents, les flots, Neptune même
Etoient jaloux de mon bonheur.

L'Amour, enfin me rend à ce que j'aime;
A ses plus doux transports je dois livrer mon cœur.

HYPERMNESTRE.

L'Hymen en ces lieux vous appelle,
Et l'Amour y conduit vos pas;
Qu'aprés une absence cruelle,
Le retour d'un Amant fidele,
Pour un tendre cœur a d'appas !

LYNCEE.

Par mon empressement jugez de ma constance ;
Si les rigueurs de l'absence,
M'ont couté des soupirs,
Dans ma tendre impatience
J'ai trouvé des plaisirs.

HYPERMNESTRE.

Tout parle pour votre tendreſſe,
Tout conſpire à m'en aſſurer ;
Puiſſe-t'elle durer ſans ceſſe,
Je n'aurai rien à deſirer.

LYNCE'E.

Que cet aveu pour mon cœur a de charmes ?

O ſort heureux ! aimable jour
Vous finiſſez mes allarmes,
Vous augmentez mon amour.

HYPERMNESTRE ET LYNCE'E.

O ſort heureux ! aimable jour
Vous finiſſez mes allarmes,
Vous augmentez mon amour.

HYPERMNESTRE.

Seigneur, auprés du Roi le devoir nous appelle ;

Par son ordre déja, vos freres & mes sœurs
Se jurent dans le Temple une ardeur éternelle.

LYNCEE.

Qu'attendons-nous ?... D'une chaîne si belle
    Allons partager les douceurs.

ENSEMBLE.

Aux Autels de l'Hymen, Amour viens nous con-
    duire,
      Viens-y recevoir nos serments;
    Jette les yeux sur ton immense Empire,
Tu n'y verras jamais de si tendres Amants.

Fin du second Acte.

ACTE TROISIÉME.

Le Théatre represente le Temple d'Isis, où tout est préparé pour l'Hymen de Lyncée & d'Hypermnestre; on voit au milieu du Temple un Autel élevé & consacré à l'Hymen.

SCENE PREMIERE.

DANAUS, HYPERMNESTRE, LYNCE'E.

DANAUS à *Lyncée.*

Venez former les nœuds où votre cœur aspire,
De vos freres déja j'ai rempli tous les vœux,
Seul heritier de cet Empire,
Prince, je vous devois un Hymen plus pompeux;
Je vais combler votre esperance.
Puisse le Sort, puissent les Dieux,
Par le sang d'Egiptus affermir ma puissance.

D'Isis qu'on adore en ces lieux,
D'Isis dont nos Ayeux ont reçu la naissance,
Le Ministre sacré s'avance.

SCENE II.

DANAUS, HYPERMNESTRE, LYNCE'E,
LE GRAND PRESTRE D'ISIS,
PRESTRES & PRESTRESSES DE
L'HYMEN.

LE GRAND PRESTRE *d'Isis.*

O Vous, Divinité suprême,
Isis, puissante Isis, protegez ces Amans ;
Sur l'Autel de l'Hymen, recevez des sermens
Que l'Amour a dictez lui-même.

CHOEUR.

O vous, Divinité suprême,
Isis, puissante Isis, protegez ces Amans ;
Sur l'Autel de l'Hymen, recevez des sermens
Que l'Amour a dictez lui-même.

LE GRAND PRESTRE.

Au nom de vos plus tendres feux,
Digne Amante du Dieu que l'Univers adore,
Isis, favorisez nos vœux,
C'est votre sang qui vous implore.

On approche l'Autel de l'Hymen, où Hypermnestre & Lyn-
cée posent la main, le Grand-Prêtre reçoit leur serment.

HYPERMNESTRE & LYNCE'E
la main sur l'Autel.

Dieu d'Hymen enchaîne nos cœurs ;
Je reçois de ta main l'objet de ma tendresse,
Pour lui des plus vives ardeurs
Je jure de brûler sans cesse ;
Puisse le Ciel sur moi lancer ses traits vangeurs,
Si j'ose trahir ma promesse.

DANAUS.

Aux Habitans d'Argos, aux Bergers d'alentour,
Prêtres, ouvrez le Temple où regne la Déesse
Il est tems de répondre au zele qui les presse,
Qu'ils viennent à nos yeux celebrer ce grand jour.

On ouvre les portes du Temple d'Isis, & une infinité de
Peuples d'Argos & des environs entre en foule pour
prendre part à la Fête.

SCENE III.

DANAUS, HYPERMNESTRE, LYNCE'E,
PEUPLES *de la Ville*, PEUPLES *de la Campagne.*

CHOEUR.

Tendres Epoux, recevez notre hommage,
La Paix dans ce grand jour va combler vos defirs ;
L'Hymen dans fes nœuds vous engage,
Que l'Amour à jamais en faffe les Plaifirs.

UNE BERGERE *à Hypermneftre & à Lyncée.*

Les chaînes les plus belles
Sont faites pour vous,
Heureux Epoux ;
Soyez toujours fideles,
Que d'un deftin fi doux,
Tous les cœurs foient jaloux.

Vous finiffez nos peines,
Vous rendez le calme à nos cœurs,
Bellone dans nos plaines
N'exercera plus fes rigueurs :

C iij

La Guerre avoit troublé votre ame;
La Paix couronne votre flâme,
Heureux Epoux, puiſſions-nous à jamais
Voir regner l'Amour & la Paix.

On danſe.

UNE BERGERE.

Que la Paix
A d'attraits,
L'Hymen la rappelle;
Tendres Amours
Regnez toujours
Avec elle.

Doux Vainqueurs
De nos cœurs
Augmentez nos ardeurs,
Plus on eſt amoureux
Plus on eſt heureux.

UN BERGER.

A l'Amour
En ce jour
Rendons tous les armes,
Faiſons nos Dieux
De deux beaux yeux
Pleins de charmes.

Doux Vainqueurs
De nos cœurs
Augmentez nos ardeurs,
Plus on eſt amoureux
Plus on eſt heureux.

SCENE IV.

DANAUS, HYPERMNESTRE, LYNCE'E,
ARCAS, BERGERS & BERGERES.

ARCAS *au Roi*

Seigneur, prevenez les Mutins,
A s'armer contre vous leur audace s'apprête,
Ils ont choiſi le tems de cette auguſte Fête
Pour traverſer le cours de vos heureux deſtins,

DANAUS.

Je ſçais qu'une injuſte veangeance
Pourſuit ſur moi le ſang de Gelanor;
Allons punir leur inſolence,
Vainement je voudrois les épargner encor.

HYPERMNESTRE,

LYNCEE.

Du soin de les réduire honorez mon courage,
Tous leurs efforts tomberont devant moi ;
Pour premier effet de ma foi
Laissez-moi calmer cet orage.

DANAUS.

Allez, & dans le sang des rebelles domptez,
Eteignez leur jalouse rage.

Qu'on me laisse en ces lieux... Vous, ma Fille,
restez.

SCENE V.

SCENE V.

DANAUS, HYPERMNESTRE.

L'Autel de l'Hymen est entre eux deux.

DANAUS.

PRincesse, vous voyez le nœud qui vous en-
     gage,
Tout vous lie à l'Epoux dont pour vous j'ai fait
     choix ;
Mais vainement l'Amour vous impose des loix :
     Le sang, ma Fille, exige davantage.

HYPERMNESTRE.

Je vous dois tout, Seigneur, ma tendresse & ma foi.

DANAUS.

Que ce respect m'est cher, ma Fille, écoutez-moi ;
La fureur des mutins n'est pas encor éteinte ;
Mais c'est peu qu'à mes loix ils ne soient pas soumis,
Le Ciel me porte encor une plus rude atteinte ;
Il arme contre moi de plus grands ennemis,
J'ai tout à redouter d'un projet sanguinaire.

                              D

 HYPERMNESTRE,

HYPERMNESTRE.

Des Enfans d'Egiptus l'invincible secours,
Répond, Seigneur, du salut de vos jours.

DANAUS.

Non, c'est à vous de sauver votre Pere,
Vous seule vous pouvez m'arracher au trépas;
Votre vertu m'est necessaire,
Elle doit armer votre bras.

HYPERMNESTRE.

Mon bras? Parlez... Que dois-je faire?
Quel ennemi faut-il vous immoler?

DANAUS.

Ma Fille, son nom seul peut vous faire trembler.

HYPERMNESTRE.

Ne me soupçonnez point d'une indigne foiblesse.
Si l'auguste Serment que j'ai fait en ce jour
Ne peut calmer le trouble qui vous presse,
Que cet Autel, Seigneur, garant de ma tendresse,
Le soit pour vous de mon amour.

Elle pose la main sur l'Autel de l'Hymen.

Hymen facré c'eft toi feul que j'attefte,
A mon fidele Amant tu viens d'unir ma foi ;
Puiffes-tu dans ce jour me devenir funefte,
Si je ne vange pas & mon Pere, & mon Roi.

Periffe l'Ennemi qui caufe nos allarmes,
Vendons-lui cher vos terreurs & mes larmes.

DANAUS préfentant à Hypermneftre un Poignard, dans le le tems que fa main eft encore fur l'Autel.

Hébien, de ce Poignard armez donc votre main,
Du plus affreux péril ma tête eft menacée.

HYPERMNESTRE *prenant le poignard.*
Nommez l'Auteur d'un complot inhumain.

DANAUS.
Vous devez m'immoler....

HYPERMNESTRE.
   Et qui, Seigneur?

DANAUS.
     Lyncée,

HYPERMNESTRE.
Lyncée?...O Ciel ! que dites-vous ?
Les Dieux ordonneroient ce fanglant facrifice?
A peine de leurs mains je reçois un Epoux ;
Et de la mienne, helas ! vous voulez qu'il périffe.

     D ij

HYPERMNESTRE,

DANAUS.

De ma juste fureur ne vous étonnez plus;
L'Ombre de Gelanor... Tout mon cœur en frissonne,
M'a prédit qu'en ce jour un des Fils d'Egiptus
   Me raviroit la vie & la Couronne.

Pour prévenir le sort que m'annoncent les Dieux;
Vos sœurs vont dans la nuit m'immoler mes Vic-
   times,
Ma Fille, secondez leurs fureurs légitimes;
   Frappez... Vous détournez les yeux!

HYPERMNESTRE.

Helas !

DANAUS.

   Vos soupirs sont des crimes.

HYPERMNESTRE.

Dois-je verser un sang si précieux ?
Je frémis... Ah! quel cœur seroit assez barbare....

DANAUS.

Ma volonté, ma Fille, se déclare;
   C'est à vous de la respecter.

Votre serment vous lie , allez l'executer.

HYPERMNESTRE.

Grands Dieux !

Elle sort.

SCENE VI.

DANAUS.

EN vain l'Amour retient tes coups,
J'ai tout prévû, j'ai sçu m'assurer ma vangeance ;
Bientôt à la faveur de l'ombre & du silence
On va de toutes parts assiéger ton Epoux.

    Envain au milieu des tenebres,
Dieu d'Hymen, de tes chants tu vas remplir les
    airs ?
L'instant fatal approche, où de si doux concerts
    Feront place à des cris funebres.

Fin du troisiéme Acte.

D iij

ACTE QUATRIÉME.

Le Théatre represente les Jardins du Palais de Danaüs, avec la façade de l'appartement des Danaïdes ; une nuit profonde regne sur le Théatre, & les objets ne reçoivent de lumiere que par les flambeaux de l'Hymen portez par de jeunes garçons & de jeunes filles couronnez de fleurs. Cette troupe qui a pour Chefs deux Coriphées, est amenée par Arcas.

SCENE PREMIERE.

ARCAS, *Troupe de jeunes Garçons, & de jeunes Filles,*
DEUX CORIPHE'ES.

ARCAS.

LEs Mutins sont domptez, que rien ne vous arrête,
Des plus tendres Amans celebrez le bonheur ;

Qu'Amour prenne soin de la Fête,
Que l'Hymen en ait tout l'honneur.

On danse.

EPITHALAME.

UN CORIPHE'E.

Dieu d'Hymen !

UN AUTRE CORIPHE'E.

Dieu des Amans !

ENSEMBLE.

Ah ! que vos feux sont charmans.

CHOEUR.

Dieu d'Hymen, Dieu des Amans,
Ah ! que vos feux sont charmans.

LE I. CORIPHE'E.

Viens Hymen, répands tes flâmes,
Viens Amour, lance tes traits ;
Regnez ensemble à jamais,
Regnez sur les tendres Ames.

CHOEUR.

Dieu d'Hymen , Dieu des Amans ,
Ah ! que vos feux sont charmans.

LE II. CORIPHE'E.

Jeunes Cœurs , que notre homage ,
Que ces fleurs, & que ces feux
De l'Hymen le plus heureux
Soient pour vous le doux présage.

CHOEUR.

Dieu d'Hymen , Dieu des Amans,
Ah ! que vos feux sont charmans.

On danse.

LE I. CORIPHE'E.

Jeunes Epoux votre bonheur s'avance,
Puissent les tendres desirs
Qui naissoient de l'Esperance
Renaître de vos plaisirs.

SCENE II.

SCENE II.

HYPERMNESTRE, *sortant de son appartement le Poignard à la main.*

Dieux vangeurs, de quels chants ont retenti les
    airs ?
La foudre dans vos mains devient-elle impuiffante ?
    Ma vertu gemiffante
Ne peut plus foutenir ces perfides concerts.

O nuit ! à quels forfaits vas-tu prêter tes ombres ?
As-tu pour les couvrir des voiles affez fombres ?

    D'un pere armé contre les Dieux,
Mes criminelles fœurs vont fignaler la rage ;
    Cher Prince, à qui l'Hymen m'engage,
Quand tu reviens vainqueur d'un Peuple auda-
    cieux,
Pour prix de tout le fang qu'a verfé ton courage,
On veut que dans ton fein ce fer s'ouvre un paffage :
    Pere injufte ! Roi furieux !

O nuit ! à quels forfaits vas-tu prêter tes ombres ?
As-tu pour les couvrir des voiles affez fombres ?

               E

Ah ! tout mon cœur frémit … C'est lui, c'est mon
   Epoux.

SCENE III.

HYPERMNESTRE, LYNCE'E.

LYNCE'E.

OU trouver Hypermnestre ? ah ! Princesse, c'est
   vous.
  Mais quelle horreur de mon ame s'empare,
   Je vois briller un poignard dans vos mains ;
Ciel ! que prétendez - vous ? & quels font vos
   desseins ?

HYPERMNESTRE.

Que me demandez-vous ? d'un attentat barbare,
   Dois-je lui découvrir le projet odieux ?
Non , fuyez , cher Lyncée , abandonnez ces lieux.
Fuyez-moi pour jamais …

LYNCE'E.

      Moi vous fuir ? justes Dieux !

HYPERMNESTRE.

Helas ! dans quels périls notre Hymen vous engage ;
  Fuyez , partez , recevez mes adieux.

L Y N C E' E.

Que me fait foupçonner ce funefte langage ?

H Y P E R M N E S T R E.

Fer fatal, feul recours de mon cœur abbatu ,
Je remplis mon devoir , je fauve ce que j'aime ;
Tu ne dois plus fervir qu'à m'immoler moi-même :
D'un crime inevitable affranchi ma vertu.

L Y N C E' E.

Arrêtez, Ciel ! qu'allez-vous faire ?

H Y P E R M N E S T R E.

Mourir pour épargner vos jours.

L Y N C E' E.

Et pourquoi de ce fer emprunter le fecours ?
Eclairciffez ce funefte myftere.

H Y P E R M N E S T R E.

Que lui dirai-je ? O Ciel ! dans le trouble où je fuis.
A Lyncée.
Un Oracle.... un ferment....

L Y N C E' E.

Achevez.

H Y P E R M N E S T R E.

Je ne puis.

L Y N C E' E.

Parlez......

H Y P E R M N E S T R E.

Mon Pere , helas ! on vient de lui prédire ,
Qu'il doit perdre par vous & la vie & l'Empire.

L Y N C E' E.

Par moi ! Ciel ! Que me dites-vous ?
Contre des jours fi chers je pourrois entreprendre ?
Croyez plutôt, croyez que votre Epoux
Mourra cent fois pour les défendre.
Dieux ! Je vous en attefte tous.

E

 HYPERMNESTRE.

Le Tonnerre gronde & les éclairs continuels dissipent les ombres.

LYNCÉE.

Mais quel prodige étonne la Nature ?
La foudre tout à coup vient allumer les airs,
Elle force la Nuit obscure
A faire place au Jour qu'enfantent les éclairs. . . .

CHOEUR *des Fils d'Egiptus.*

Dieux ! ô Dieux ! Quelle barbarie !

LYNCÉE.

Qu'entens-je ? de quels cris retentissent ces lieux ?
Ciel ! d'horreur mon ame est saisie !

CHOEUR.

Dieux ! ô Dieux ! Quelle barbarie !

LYNCÉE.

Quelles voix implorent les Dieux ?
O Ciel ! quels transports sanguinaires !

HYPERMNESTRE.

Je fremis. Sauvez-vous, on immole vos Freres. . . .

LYNCÉE.

Mes Freres, justes Dieux ! allons les secourir.

HYPERMNESTRE.

Où courez-vous ?. . . Ah ! vous allez périr. . . :

Il m'échape. . . . Et mes pleurs sur lui n'ont plus d'empire.
Détournez son fatal couroux,
Grands Dieux, ou faites que j'expire
Entre mon Pere & mon Epoux.

Fin du quatriéme Acte.

ACTE CINQUIÉME.

Le Théatre represente l'interieur du Palais de Danaüs.

SCENE I.

LYNCE'E *l'épée à la main.*

Redoutables Vangeurs des crimes de la Terre,
Du soin de les punir n'êtes-vous plus jaloux ?
Qu'ai-je vû.... le cruel.... s'il échappe au Tonnerre,
Qu'il n'échappe pas à mes coups.

Suivons la fureur qui me guide....

SCENE II.

LYNCE'E, HYPERMNESTRE.

HYPERMNESTRE *se jettans audevant de Lyncée.*

Arrêtez... dans quel sang allez-vous vous plonger ?

LYNCE'E.

Dans le sang d'un Cruel, dans le sang d'un Perfide ;
Mes Freres ne sont plus, & je cours les vanger.

HYPERMNESTRE.

Sur mon Pere ? ah ! Seigneur....

LYNCE'E.

Il eft tems qu'il périffe.

HYPERMNESTRE.

Au nom de notre amour....

LYNCE'E.

N'arrêtez point mes pas.

HYPERMNESTRE.

Eh quel Dieu lui fera propice,
Si l'Amour ne le fauve pas ?

LYNCE'E.

Non , je vais l'immôler à ma jufte colere.

HYPERMNESTRE.

Et moi je vais mourir....

LYNCE'E *l'arrêtant.*

O Ciel ! qu'allez vous faire ?

HYPERMNESTRE.

La mort eft mon dernier recours.
Et je vais me livrer aux fureurs de mon Pere
Si vous ne me jurez de refpecter fes jours,

LYNCE'E.

Hé bien à mon amour j'immole ma vangeance ,
Une feconde fois j'en attefte les Dieux....
Mais fuyez avec moi , fauvez-moi de ces lieux.

HYPERMNESTRE.

Ah ! vous me rendez l'efperance.

LYNCE'E.

Les chemins font fermez , je vais vous les ouvrir,
Et je reviens vous fauver ou périr.

SCENE III.

HYPERMNESTRE *seule.*

Allez Prince, sortez à la faveur des ombres.
Nuit, déployez sur lui vos voiles les plus sombres.
Mais on vient.... C'est mon Pere, ou plutôt c'est mon Roi.
    Que je crains ses sanglants reproches !
    O mort ! tes funestes approches
    Seroient moins terribles pour moi.

SCENE IV.

HYPERMNESTRE, DANAUS, GARDES.

DANAUS *à ses Gardes.*

Qu'entens-je ? Il fuit ! Qu'on marche sur ses pas,
    Hatez-vous ; qu'il n'échape pas.
Je vais vous suivre....
    (*à Hypermnestre.*)
    Et toi qui remplis la menace
    De Gelanor & des Enfers,
    Perfide, n'attens point de grace;
Plus de pitié pour toi, tu mourras dans les fers.
    HYPERMNESTRE.
    Les Dieux ont rempli mon attente,
    Seigneur, vos jours sont conservez.
    Je tremblois pour vous ; vous vivez,
    La mort n'a rien qui m'épouvante.

DANAUS.

Mes jours font confervez ! Ah ! par ton lâche amour
Je perdrai tôt ou tard, & l'empire & le jour.

HYPERMNESTRE.

Non, contre vous, loin de rien entreprendre,
Mon Epoux m'a juré, Seigneur, de vous défendre.

DANAUS.

Quoi, lorfque tu trahis & ton Pere & ton Roi,
Tu crois qu'à fes fermens il fera plus fidele ?
Tu viens de lui laiffer, cruelle,
Un exemple à manquer de foi.

HYPERMNESTRE.

Dans l'état où j'étois, helas ! qu'ai-je dû faire ?
Quel crime ai-je commis ? Soumife à deux fermens
Pouvois-je de mon cœur regler les mouvemens ?
Si le devoir excitoit ma colere,
Le devoir fufpendoit mes coups;
Pour être fidele à mon Pere
Devois-je trahir mon époux ?

CHOEUR D'ARGIENS *derriere le Theatre.*

Songeons, fongeons à nous défendre.

DANAUS.

Quel bruit fe fait entendre ?
Ton Epoux revient dans ces lieux.
Allons ; il eft tems qu'il périffe,
Je n'ai differé fon fuplice
Que pour l'immoler à tes yeux.

Gardes, qu'on m'en réponde.

HYPERMNESTRE.

O Dieux !

SCENE V.

HYPERMNESTRE, GARDES.

On entend un bruit de Guerre.

QUels sons frappent les airs? .... Dieux sauvez ce que j'aime.
Ils vont périr tous deux .... arrêtez inhumains .....
Arrêtez..... Tous les coups qui partent de vos mains
Viennent retomber sur moi-même.....
Bruit affreux, que m'annoncez-vous ?
Est-ce la mort d'un Pere ou la mort d'un Epoux ?

SCENE VI.

LYNCE'E, HYPERMNESTRE, EGYPTIENS.

LYNCE'E *Vainqueur.*

QU'on épargne le sang, il souïlleroit ma gloire.
HYPERMNESTRE.
Ah ! Seigneur.
LYNCE'E.
Ah ! Princesse, enfin je vous revoi.
J'ai pû sauver vos jours ... Quel prix de ma victoire !
HYPERMNESTRE.
Seigneur, qu'est devenu le Roi ?
LYNCEE.
Ne craignez rien pour lui ; j'en ai donné ma foi,
Et dans mon ennemi respectant votre Pere,
J'ai moi-même ordonné qu'on épargnât ses jours.
Quand je vole à votre secours
C'est l'Amour qui me guide, & non pas la Colere.
HYPERMNESTRE.
Ah ! pour rendre le calme à mes sens éperdus
Suivez-moi, cherchons Danaüs.....

Mais que vois-je, grands Dieux, quel funeste spectacle!
    à Lyncée.
Ah! barbare, ta main vient d'accomplir l'Oracle.

SCENE DERNIERE.

DANAUS, HYPERMNESTRE,
LYNCE'E, PEUPLES.

DANAUS *soûtenu par Arcas.*
    à Hypermnestre.

NOn, n'accuse que toi de mon funeste sort,
    J'expire par tes coups, n'en doutes point perfide;
Tu deviens en un jour parjure & parricide;
    C'est toi qui me donnes la mort.

Ton époux moins cruel épargnoit sa Victime,
(Mais qui peut échaper au sort qui le poursuit ?)
Sans l'aveu de son cœur sa main a fait le crime;
Elle a porté le coup, & les Dieux l'ont conduit.

LYNCE'E.
Dieux inhumains!

DANAUS.
    Est-ce à toi de t'en plaindre ?
Ces Dieux cruels pour moi t'accablent de faveurs,
Triomphe, il en est tems, cesse de te contraindre,
L'Oracle est accompli... tu regnes..... & je meurs.

FIN.

APPROBATION.

J'Ai lû par ordre de Monseigneur le Chancelier *Hypermnestre, Tragedie,*
    pour le *Théatre de l'Opera*, & j'ai cru que le Public la recevroit avec plai-
sir. Fait à Paris ce 18. Octobre 1716. DANCHET.

A Paris. De l'Imprimerie de J. B. LAMESLE, ruë du Foin, à la Minerve. 1717.

www.ingramcontent.com/pod-product-compliance
Ingram Content Group UK Ltd.
Pitfield, Milton Keynes, MK11 3LW, UK
UKHW022206070726
13613UKWH00003B/1484